CHAPITRE 1 – JOUR 1

Il fait froid et humide. J'ai très mal au bras gauche et je ne sens plus mes mains. J'ai les yeux grands ouverts mais je ne vois rien. Je tente de reprendre mes esprits et de comprendre ce qui m'est arrivé. Au loin, une petite lueur que j'essaie d'atteindre. J'ai beaucoup de peine à me déplacer, ça glisse. Je crois que j'étais en voiture. Je me rendais chez une amie. Quelle horreur je n'arrive pas à me rappeler si ma fille était avec moi. J'angoisse et me laisse tomber contre un mur. Réfléchis, réfléchis… quel jour sommes-nous ? Est-elle à l'école ? J'ai forcément dû prendre un coup sur la tête pour ne pas me souvenir d'une chose pareille. La petite lumière n'est plus très loin. Je me relève avec difficulté et l'atteint enfin. Une sorte de trou percé dans la roche me permet de constater que je suis dans une grotte ou un bunker. Je n'en sais rien, mais je ne suis pas arrivé ici toute seule. J'étais en voiture j'en suis sûre. Maintenant, je vois bien que j'ai les mains en sang. Mais il ne provient pas de moi. Ma petite Eloïse où es-tu ? Je cris, mais pas de réponse. Je retourne à mon point de départ. Il y fait tellement sombre que je ne vois plus devant moi. Est-elle juste à côté de moi ? Je l'appel de toutes mes forces, pose mes mains au sol pour tenter de la trouver. Je me heurte à des débris, des petits fragments. J'en ramasse quelques-uns et retournent à la lumière pour les identifier. Soudain, je réalise : ce sont des os. Plutôt grands, je doute que cela appartienne à un animal. Je retombe au sol et mes nerfs lâchent. Je reste là un moment, sans rien y comprendre. J'ai tellement peur… je réalise maintenant qu'il n'y a plus aucune lueur. Il doit faire nuit et je n'ai pas osé m'aventurer plus loin dans ma tombe. La fatigue prend le dessus. Je suis épuisée et m'endors rapidement. Je me vois avec ma fille et son papa…

Son père et moi nous sommes rencontrés il y a 8 ans chez des amis en commun. Il ne me plaisait pas tant que ça au départ je dois avouer. Philippe était quelqu'un d'irresponsable et d'égoïste. Puis, il a su trouver les mots et j'y ai cru. Je crois que je n'ai jamais été heureuse avec lui. Il m'a manipulé. Et je suis tombé enceinte. Ce n'était pas son souhait évidemment, c'était mon choix. Eloïse est la plus belle chose qui me soit arrivée. J'ai enfin pu revivre. J'ai quitté Philippe il y a 2 ans. Il n'a jamais cherché à garder sa fille, il m'a rapidement remplacé et ses plus mauvais côtés ont repris le dessus. Je ne l'ai jamais dénigré devant elle. Papa est parti pour un long voyage, il ne rentrera pas. A 6 ans je ne vois pas quoi lui dire d'autre.

Un bruit me réveille. Je reste prostrée dans mon coin. Eloïse ? Pas de réponse… je ne peux pas rester ici indéfiniment. Je me décide à avancer et très lentement me rapproche de quelque chose ou quelqu'un.
« - Je vous en prie répondez-moi !
  - Qui êtes-vous ? Qu'est-ce que vous m'avez fait ?
  - Je ne vous ai rien fait du tout je me suis retrouvée là comme vous !
  - Mais je ne comprends pas, j'étais chez moi et maintenant je suis ici… et entre temps c'est le trou noir.
  - C'est pareil pour moi. Je crois que j'ai eu un accident.
  - Et après ? Qu'est-ce qu'on ficherait ici ? Je vous préviens si c'est vous la responsable… ».
Un autre bruit nous interpelle.
Silence total maintenant.
« - J'ai besoin d'aide s'il vous plaît ! Ne me faites pas de mal !
Je m'avance vers la petite voix.
  - On ne vous fera rien Madame. Êtes-vous blessée ?
  - Je ne crois pas. Mais qu'est-ce que je fais là ?

- On ne sait pas. Nous sommes trois maintenant… Il faut qu'on progresse dans la galerie pour savoir si on trouve encore quelqu'un. ».

Ce couloir semble interminable. Nous progressons ensemble. Les parois sont tellement froides et l'humidité se fait ressentir. On ne sait pas sur quoi nous marchons, tout craque sous nos pas… Nous parvenons enfin dans une sorte de petite salle beaucoup plus claire. Ça me fait du bien de voir un peu de lumière et de pouvoir regarder autour de moi. Nous apercevons deux corps inertes. J'hésite à m'approcher, quand l'un d'eux se dresse brutalement.

« - Ne m'approchez surtout pas ! Qu'est-ce que vous avez fait à ma femme ? Lisa, ma chérie, réponds-moi !

Il se saisie d'une branche pour nous tenir à l'écart.

- Nous sommes tous dans le même cas ! Nous nous sommes réveillés dans les galeries plus loin. Calmez-vous !
- Lisa réveille-toi !

La silhouette toujours à terre semble reprendre ses esprits. Son mari se penche au-dessus d'elle.

- Mais qu'est-ce qu'on fait là ?
- Tu n'es pas blessée ?
- Non ! Qui sont ses gens ?
- J'en sais rien. On va vite sortir d'ici.
- Vous ne pouvez-pas sortir par ici.

Ils ne m'écoutent pas et partent dans le dédale de couloir.

- Allez-vous faire voir ! ». Nous lance-t-il.

Ils sont sous le choc. Nous les laissons s'éloigner. Ils finiront par revenir de toute façon. On se regarde sans trop savoir quoi faire. Je me décide à me présenter.

« - Bon moi c'est Sophia. Et vous ?

- Moi Jonathan. C'est quoi son problème à l'autre ?
- Il a peur pour sa femme c'est tout. Moi c'est Katia.

Jonathan est très agité.

- On n'est pas là pour faire des rencontres ! Alors moi je continue.
- On devrait les attendre. Ils vont devoir faire demi-tour. On devrait progresser ensemble.
- Il nous a envoyé nous faire voir non ? Qu'ils se débrouillent seuls ! ».

Il s'en va au fond de la pièce, me laissant seule avec Katia. Je le vois tentant d'escalader les parois. Je pense que c'est impossible de grimper, mais il a l'air tellement sûr de lui. Je l'observe et m'appuie contre l'un des murs. Quelque chose attire mon regard. Mon sac. Je me précipite vers lui pour retrouver mon portable. Il n'est pas à l'intérieur mais j'y trouve une arme. Qu'est-ce que ça fiche dans mes affaires ? Je n'ai jamais eu d'arme ! Je ne crois pas que je dois en parler aux autres. Ils me paraissent tellement nerveux que l'un d'eux risqueraient de nous menacer avec. Je ne sais pas m'en servir, je ne sais même pas s'il est chargé. Jonathan admet enfin sa défaite. Je range rapidement l'objet. Katia me demande fragilement :

« - Alors, qu'est-ce qu'on fait maintenant ?

- Apparemment on ne peut pas aller plus loin.

Jonathan me regarde fixement.

- C'est quoi ça ?
- Mon sac.
- Et ? T'as un portable ?
- Non il n'est plus à l'intérieur.
- Ouai ben moi je trouve ça bizarre qu'on te laisse ton sac.
- Je te rappel qu'on se trouve dans la même situation.
- T'es la première réveillée, t'as les mains pleines de sang et tu te demandes pourquoi nous on se pose des questions ?

-   Lâche-moi, je n'ai pas à subir d'interrogatoire. ».
Nous sommes interrompus par le retour du couple. Le mari semble dépité. Un silence pesant prend possession du lieu. Personne n'a de solution. Je repense encore et encore à ma fille. Nous scrutons les moindres recoins. Soudain, quelque chose tape contre une paroi métallique. Une petite porte se cachait derrière une paroi. Jonathan ouvre. Un jeune homme tombe à ses pieds. Katia panique.

« - Mon dieu ! Est-ce qu'il est mort ?

Je m'avance vers lui.

-   Vous m'entendez ? Dites quelque chose !
-   J'ai mal ! Aidez-moi !

Il se retourne. En me voyant son visage se décompose.

-   Ne me remettez pas là-dedans ! J'ai rien fait !

Il s'évanouit. Tout le monde recule d'un pas.

-   Ne me regardez pas comme ça. Il nous a pris pour les responsables. ».

Nous l'étendons au milieu du sas. Il est gravement blessé à priori. Katia et moi tentons de lui faire des garrots pour arrêter les saignements. On dirait qu'il s'est fait tirer dessus. Patrice le mari tente d'allumer un feu. J'ai l'impression qu'il a le coup de main. Toujours dans le silence nous nous asseyons autour de la petite chaleur dégagée par les flemmes. Je tiens mon sac tout contre moi. Pourvu que personne ne regarde à l'intérieur, ça signerai mon arrêt de mort. Jonathan a raison c'est moi qui l'ai trouvé, les mains en sang et je possède une arme. Que je tente de cacher. Personne n'ose s'endormir. La nuit va être longue.

CHAPITRE 2 – JOUR 2

Il fait beau et nous décidons de sortir nos vélos. Eloïse et moi aimons partir toutes les deux en forêt. Ces journées m'apaisent et je me sens bien. Les rayons du soleil arrivent à percer l'épais feuillage des arbres. Ma fille n'aime pas m'attendre, elle pédale à vive allure à travers les sentiers mal entretenus. J'ai toujours peur pour elle, je crois qu'elle n'a pas conscience du danger. Une chute, puis deux. Ce n'est pas possible relève toi tout de suite ! On va rentrer maintenant ! Tu n'es pas assez responsable ! Je m'avance vers elle, puis lève la main et... je me réveille brutalement. Je suis la seule encore allongée. J'ai dû finir par m'endormir. Je me sens toujours épuisée et très faible. Mon sac est toujours contre moi. Les autres tentent de trouver une solution pour sortir. Je m'avance vers notre blessé. Il est dans un état pitoyable. Nous devons l'évacuer au plus vite et tenter de trouver de l'eau.

« - Je crois que notre priorité est de lui porter secours.
Jonathan s'emporte violemment.

- Tu t'es pris pour qui toi ? Tu donnes des ordres maintenant ? Tu crois qu'on n'a pas cherché une sortie pendant que tu dormais ?
- Je m'inquiète pour lui c'est tout ! Il va mourir si on ne lui donne pas à boire et si on ne peut pas le soigner rapidement.

Il me fait peur. Il s'approche de moi.

- T'es la seule qui a pu dormir ici. Je te trouve vraiment calme vue la situation. Pourquoi tu quittes pas ton sac hein ? T'as quoi là-dedans ?
- Laisse-moi tranquille ».

Il me bouscule. Les autres ne réagissent pas. J'hésite à sortir l'arme. Je pars me réfugier derrière la porte métallique qui cachait notre blessé. Jonathan me suit. J'ai peur et ferme

brutalement la porte derrière moi, le laissant fou de rage. Je ne sais pas si j'arrive à l'ouvrir de l'intérieur. Quelle erreur d'avoir réagis de cette façon. Me voilà enfermée à mon tour avec un fou furieux juste derrière. Il fait vraiment noir et je ne sais pas si je peux continuer plus loin. J'avance à petits pas contre la paroi et m'aperçois que la pièce à l'air plus grande que l'on pensait. Apparemment les autres n'ont pas exploré ce passage. Je manque plusieurs fois de tomber et me rattrape sur les parois toujours aussi humides. Une odeur très forte me parvient. Je ne crois pas que je peux aller plus loin. Quelle chaleur, je me sens très mal. Je voudrais sortir d'ici. Je m'accroupis et repense à mon rêve. Je me vois frapper ma fille avec tant de violence, j'en ai les larmes aux yeux. Mais je sais bien que ça n'arrivera jamais. Je dois me ressaisir. Je mets les mains à terre pour tenter de trouver les affaires du jeune homme. Peut-être lui a-t-on aussi laissé son sac. J'ai trouvé quelque chose. Ça ressemble à du papier. Comme je ne vois rien, je range ce que je rassemble dans mon sac. Je crois que c'est tout. Je repars dans l'autre sens. Je colle mon oreille à la porte. Jonathan continue à crier mais je ne saisis pas tout. Katia toque à la porte.
« - Sophia ? Il s'éloigne. On va t'ouvrir.
La porte grince.
- Merci… ce mec est complètement taré. Je ne savais pas quoi faire.
- Tu es pleine de sang ! Qu'as-tu trouvé là derrière ?
- J'étais à terre et contre les parois. On n'y voit rien je suppose que c'est son sang.
Je désigne le jeune.
- Vous n'êtes pas allé voir à l'intérieur ?
Patrice s'avance.
- Bien sûr que si. Il n'y a rien. Pas de sortie.

Je m'assieds à côté du blessé. Je tente de lui parler. Lisa s'avance.

- Il s'appelle Nicolas. Il a déliré cette nuit. On n'a pas vraiment compris où il voulait en venir. Il a parlé de photos... ».

Il faut que je regarde dans mon sac ce que j'ai trouvé derrière la porte. Je ne préfère pas le faire devant les autres. Jonathan est au fond de la salle et continue à pester. Le couple reste à côté de Nicolas et tente de le rafraîchir. Je pense qu'il va y rester si on ne fait rien... Katia tourne en rond. Elle est terrifiée. Je tente de m'isoler et pose mon sac au sol. J'y retrouve les papiers ramassés. Différents documents comme sa carte d'identité. Il a seulement 19 ans. Je ne m'attarde pas plus longtemps, car une photo m'interpelle. Une petite fille sur son vélo. Ma belle Eloïse. Je ne me sens vraiment pas bien et me retiens de hurler. Pourquoi a-t-il sa photo sur lui ? Je m'imagine tout et n'importe quoi. Il est déjà dans un tel état, qu'est-ce que je pourrais faire pour lui parler ? J'ai maintenant très peur, je pensais que ma fille n'était pas ici, mais à l'école ou chez une amie... je n'arrive toujours pas à me rappeler. Je dois pourtant le réveiller. De toute façon je ne peux rien faire discrètement. Dois-je sortir l'arme ? Non surtout pas ! Je vais passer pour une folle ou une hystérique. Jonathan se charge déjà de ce rôle. Je vais attendre cette nuit, ils vont bien finir par dormir.

Le soir tombe sur notre tombeau. On se scrute comme la veille. Personne ne se fait confiance. Pas étonnant. J'ai beaucoup réfléchi et je me dis que si nous sommes tous ici, c'est que nous avons forcément quelque chose en commun. Je me lance :
« - Est-ce que vous avez des enfants ?
Katia me répond la première.
- Non, je vie seule.
Le couple me répond à son tour.

- Nous n'en avons pas non plus.

Jonathan me répond comme à son habitude de manière agacée.

- Qu'est-ce que ça peut faire ? C'est quoi le rapport ?
- Je cherche juste à savoir ce qu'on fait là.
- Et ben non j'en ai pas non plus. Autre chose ?
- Notre métier peut-être ? Katia ?
- Je suis professeure dans une petite école.
- Je suis chef de chantier et ma femme ne travaille pas.
- Et elle ne parle pas non plus apparemment. Moi je suis commercial pour des produits pharmaceutiques.

Patrice le fusille du regard. Il est vrai que l'on n'entend pas beaucoup sa femme.

- Bon de toute évidence il n'y a pas de lien non plus de ce côté.
- Et toi ? Me demande timidement Katia.
- J'ai une petite fille. Elle a 6 ans. Je ne sais pas où elle se trouve en ce moment… et je travaille dans un hôpital.

Lisa se rapproche de moi.

- Vous pouvez alors soigner Nicolas ?
- Je suis aide-soignante, je ne sais pas suturer une telle plaie et il me faudrait de toute façon un minimum de matériel. On ne peut rien faire de plus pour le moment. ».

J'en profite pour m'asseoir à côté du jeune. Je crois que cette petite discussion a apaisé les tensions. Lisa retourne auprès de son mari et se blottit contre lui. Ils vont sûrement s'endormir. Katia tente de trouver une position confortable contre la roche pour en faire de même. Jonathan s'éloigne et donne des coups de pieds dans le vide pour se défouler. Plus personne n'est concentré sur moi. Je commence à bousculer Nicolas. Pas de réaction. Il faut que je lui parle. C'est peut-être lui qui est à l'origine de tout ça. Je surveille

toujours les autres. Une seule manière de le faire réagir. J'appuie la paume de ma main contre sa blessure. Une vive douleur le réveille alors. Tant pis pour la discrétion. Je le saisi par le col de son tee-shirt imbibé de sang :
« - Regarde-moi ! Qu'est-ce que tu as fait à ma fille ?
Patrice se jette sur moi pour le protéger.
- Mais ça va pas ou quoi ? Qu'est-ce qui te prends ?
- Cet homme a des photos de ma fille sur lui ! Je veux savoir pourquoi !
Il me relâche. Nicolas me regarde avec horreur.
- J'ai... j'ai rien fait ! C'est vous... c'est vous !
Il a beaucoup de mal à parler.
- Comment ça c'est moi ? Répond bordel !
- Vous m'avez fait ça ! ».
Il s'évanouit. Je le laisse tomber à terre. Je suis abasourdie. Comment j'ai pu lui faire de telles horreurs et ne pas m'en rappeler ? Il ment c'est évident. Jonathan m'hurle dessus.
« - Vous voyez ? Qu'est 'ce que je vous disais depuis le début ? C'est cette folle qui nous a enterré dans ce trou !
- Va te faire voir je n'ai rien fait du tout ! Ce mec délire et je suis toujours dans la même merde que vous tous ici ! ».
Je m'éloigne pour tenter de me calmer. Je me sens tellement impuissante. Pour ma fille tout d'abord et puis face à cette situation. J'ai beau cherché il y a beaucoup de choses dont je ne me rappel pas. Peut-être que je me suis battu avec lui pour lui échapper ou protéger Eloïse. Ce doit être à ce moment que j'ai pris un coup sur la tête... je m'éloigne encore et m'allonge toujours à côté de mon sac. Si on s'approche de moi je n'hésiterai pas à sortir l'arme.

Je somnole la tête sur le sac. Rien de confortable, mais j'ai peur de m'endormir. Je cherche à comprendre comment j'en suis arrivée là. Pourquoi moi ? Je ferme les yeux… juste un court instant. Eloïse apparaît alors. Ma chérie tu vas bien ? Mets ta ceinture on va partir. Je t'avais dit de ne pas mettre cette robe ! Tu n'écoutes jamais rien. Tant pis on n'a plus le temps. Nous empruntons la seule petite route de campagne qui mène à la ville. Il ne fait pas très beau et je décide de m'arrêter sur le bas-côté. Pourquoi tu me regardes comme ça ? C'est ce qui arrive quand on n'est pas sage. Descends ! Ma petite fille s'exécute. Je la regarde dans le rétroviseur puis m'éloigne lentement… cette scène je l'ai déjà vécu. Je ne sais plus pourquoi, ni quand. Eloïse reste sous la pluie, elle ne pleure pas. Elle sait que je vais revenir. Et la punir. Sévèrement.

Katia me secoue violemment.
« - Viens il y a de l'eau qui coule ! Il pleut là-haut. On va pouvoir faire boire Nicolas.
Je me remets de ma vision.
- J'arrive…
- Tu sais tu devrais nous dire ce que tu fais là-bas la nuit.
Elle désigne la porte métallique.
- Quoi ? Comment ça ?
- Jonathan peut être violent. Il risque de s'en prendre à toi si tu nous dis pas ce que tu fais dans la petite galerie.
- Mais de quoi tu parles ? ».
Nous sommes interrompues par Patrice et Lisa qui nous apportent de l'eau dans des petites feuilles assemblées ensemble pour accueillir le précieux liquide. Ils sont vraiment très astucieux. Mais je n'ai pas soif. Trois jours sans boire et je ne ressens ni soif, ni faim. On se dirige vers Nicolas. On me

demande de ne plus l'approcher. De toute façon, je n'aurais aucune réponse, vue son état. Je ne ressens rien face à sa détresse. Je suis persuadée qu'il a pu faire du mal à ma fille. D'ailleurs je préfère m'éloigner. Je repense à mon rêve. Enfin je suppose que ce n'était qu'un rêve. Évidemment ! Il ne peut pas s'agir d'un souvenir, je n'ai jamais fait de mal à ma fille. Je suis très perturbée et je dois comprendre un tas de chose qui se passe dans ma tête. Rien n'a de sens. Et pourquoi me demande-t-on ce que je fais dans cette galerie ? Je n'ai pas bougé de là. Jonathan veut certainement encore m'accuser de quelque chose. Le voilà qui s'approche.

« - Tu crois que je t'ai pas vu cette nuit ?
- Ne recommence pas à m'accuser.
- Ah bon sinon quoi ? J'ai voulu te suivre mais on n'y voit rien là-dedans !
- Donc tu ne m'as pas vu faire quoi que ce soit c'est bien ça ?
- Ne me prends pas pour un con !

Il me saisit par le bras. Patrice intervient.
- C'est à toi qu'on devrait poser toutes ces questions ! Tu m'accuses de tout et tu es très violent.
- C'est ça ! On va bien finir par le savoir. J'en ai marre je vais finir par tous vous buter ! ».

Il ne me fait pas peur. Je ne crois pas qu'il soit capable d'en arriver là en fait. Il s'éloigne et silence total. On se surveille tous. Je crois que nous avons conscience que nous avons besoin des uns et des autres. Chacun d'entre nous a des compétences différentes. On doit réagir un peu mieux que ça. S'il y a de l'eau, on doit pouvoir trouver à manger. Pour les autres. Moi ça ira.

« - Katia ? C'est Jonathan qui t'a dit que j'étais dans la galerie ?
- Non, je t'ai aussi vu y aller.

Alors là je n'en reviens pas.

- Mais pourquoi vous inventez une chose pareille ?
- Sophia je ne sais pas si tu caches quelque chose mais on t'a vu y entrer… ».

Je ne comprends rien. Katia à l'air d'être quelqu'un d'honnête, je ne vois pas pourquoi elle couvrirait Jonathan. Ils arrivent à me faire douter. Ce n'est pas possible de ne pas se souvenir de ça ! Ou alors je suis plus affectée par la situation que je ne le pense. Je fouille à nouveau dans mon sac. A priori je n'y ai pas retrouvé d'autres photos. Par contre j'y trouve du papier d'aluminium. Ce n'était pas là hier, j'en suis sûre. On me manipule ce n'est pas possible autrement. Je l'ouvre et y trouve de petites miettes de pain. Je le replace immédiatement à l'intérieur. Si j'avais trouvé à manger je m'en souviendrais et ce ne serai certainement pas emballé là-dedans. Je suis interrompue dans mes pensées par les gémissements de Nicolas. Il va très mal. Je m'en fiche. Après tout qu'est-ce qu'on peut faire pour lui ? On tente de l'hydrater, ses saignements semblent s'être arrêtés. Je profite de cette agitation pour retourner derrière la porte. Je laisse mes mains glisser le long de la paroi. Je ne trouve rien. Je poursuis plus haut, puis plus bas. Si quelqu'un cache un accès ça ne peut qu'être là. Et enfin, un crochet. Je n'en suis pas sûre mais je crois que je peux le déverrouiller. Ne pas faire de bruit, on risquerait encore de m'entendre. Soudain, une petite trappe se lève. Je n'en crois pas mes yeux, elle était juste là et je n'avais rien vu. Même dans la pénombre j'aurai dû le sentir lors de ma première fouille. Il y a de la lumière en bas. Je descends avec précaution. Un long couloir m'attend. Tout a été aménagé. Je veux dire rien de naturel comme là-haut. J'ai peur. Et si quelqu'un s'y cachait pour nous observer ? Le responsable ne se trouve pas forcément parmi nous… Pas un seul bruit. Puis une porte. J'ouvre avec la plus grande méfiance. J'aurai dû retourner en haut pour trouver de quoi me défendre. Dans l'action j'ai laissé mon sac dans la galerie. De toute façon je ne sais pas me servir de cette arme. Mais celui d'en face ne le sait pas. Personne. Seules des étagères avec quelques boîtes de conserve, des gâteaux soigneusement emballés dans du papier aluminium et un micro-onde. De quoi passer quelques jours ici. De l'eau aussi. Est-ce que je dois tout de même prévenir les autres ? On ne me soupçonnera plus de cette manière. J'entends du bruit. Quelqu'un me cherche. Je reviens rapidement sur mes pas. Tout résonne dans ces couloirs. Je remonte et n'oublie pas de récupérer mon sac. C'est Katia qui hurle.

« - Sophia reviens je t'en prie !
- J'arrive, je suis là. Qu'est-ce qui se passe ?
- Je crois que Nicolas est mort !

Nous retournons auprès du corps. Après un examen rapide, j'en arrive à la même conclusion. Je ne ressens toujours rien pour lui. Mais j'aurai voulu savoir pour les photos. Jonathan s'en mêle.

« - C'est sûr que ça doit t'arranger qu'il soit mort ! A mon avis il en avait des choses à dire sur toi !
- Va te faire foutre ! Et oui je m'en fiche ! Qu'est-ce que tu voulais qu'on fasse ? Hein ? une solution peut être ?

Il se jette sur moi. Je tombe brutalement en arrière. Je rentre dans une rage folle.
- On a trouvé une solution pour manger maintenant au moins ! ».

Je ne sais ce qui me prends ou ce qui me passe par la tête mais je ne suis plus décidée à parler de ma trouvaille de tout à l'heure à qui que ce soit. Je vois bien que tout le monde est choqué, même si je ne suis pas la seule à y avoir pensé. On ne peut pas rester sans manger bien longtemps. Aussi horrible que cela puisse paraître... Je tente de récupérer mon sac. Cette fois je compte bien le menacer avec mon arme, mais je me fais devancer par Jonathan. Ne l'ouvre pas je t'en supplie... Je n'y suis pour rien, mais là je serai forcément suspectée. Je me sens mal et n'arrive plus à me relever. Cet imbécile m'a poussé tellement fort. Trou noir. Puis plus rien.

Ma petite fille. Mon ange. Tu es si belle dans ta robe de ballerine. Tu attendais ton spectacle de danse depuis si longtemps. Ton papa nous attend dans la voiture. Cette journée est magnifique. A notre arrivée tu t'éloignes rejoindre ton groupe. On s'installe dans la salle et on attend avec impatience. Philippe me regarde avec tendresse comme il le fait souvent. J'ai envie que cet instant ne s'arrête jamais. C'est toi la plus belle ma chérie. Tes parents sont là et ils le seront toujours. Tu as tout notre soutien. Mais qu'est-ce qu'elle fait ? Elle n'est même pas dans le rythme. Quelle honte... je ne peux pas supporter ça une minute de plus. Philippe tente de me retenir discrètement, mais je préfère sortir. Il me rejoint et veux me calmer. Il joue toujours le mari aimant et le père parfait. Il m'agace encore plus. On quitte rapidement les lieux. Alors toi ma petite, je ne vais pas te louper à la maison...

Je suis réveillée par des discussions autour de moi.
« - Mais qu'est-ce qu'on va faire d'elle ?
- Il faut l'attacher.
- Non on va l'enfermer derrière la porte.
Je me manifeste.
- Pas la peine qu'est-ce que vous voulez que je vous fasse ?
- J'ai trouvé ton arme. Je trouve ça très intéressant...
Jonathan continue de me braquer. Je suis sûre que lui sait s'en servir.
- Qu'est-ce qui nous dit que ce n'est pas toi qui l'as mise à l'intérieur ?
- C'est ça ! Arrête de te foutre de nous ! Et ça c'est quoi ?
Il désigne le papier d'aluminium.

- J'en sais rien ! C'est mon sac, mais ce ne sont pas mes affaires. ».

Je ne compte pas les aider. Après tout je ne dois faire confiance à personne. Il faudrait que je puisse retourner derrière la porte pour continuer mon exploration. Je n'ai pas encore vu le reste du couloir. Mais là c'est mal partie pour y retourner discrètement. Je dois me faire une alliée. Katia à l'air facile à manipuler. Elle pourrait lui subtiliser l'arme. Il faut que j'arrive à convaincre le couple que c'est Jonathan qui est derrière toute cette histoire. Il a un comportement violent et Patrice ne le supporte pas. J'espère ne pas me tromper dans mon jugement. Je ne les connais pas et dans une situation pareille il devient difficile de cerner les gens. D'autant plus que moi-même je ne réagis pas comme d'habitude… Je serai capable de beaucoup de choses pour sortir d'ici… On veut tous s'en sortir au détriment de la vie des autres. Et eux n'ont pas d'enfant. Tout parent sait qu'on peut faire n'importe quoi pour son enfant. Ma petite chérie… Je ne sais toujours pas où tu es. Pourquoi dès que je m'endors, je rêve de choses aussi horribles ? Je suis tellement stressée et traumatisée par cette situation. Je me dis que Jonathan finira bien par se fatiguer et je pourrai retourner dans la galerie. Pas pour manger ou boire car je n'en ressens pas le besoin pour le moment. C'est curieux. Quatre jours c'est long. Je les vois dépérir à vue d'œil, mais moi je me sens combative. Si j'étais eux je me jetterais sur Nicolas. Après tout qui pourrait les juger de faire ça ? Il est mort, il a sûrement fait du mal pour se retrouver ainsi, alors ce ne sera que justice… Mon Dieu je n'ai jamais eu des pensées pareilles…

Au lieu de ça, ils se contentent de l'emmener à l'autre bout de la grotte. La vision du mort n'est pas évidente et très déroutante. À la vue de l'humidité ambiante, il va pourrir et très vite l'odeur sera immonde. Espérons que d'ici là nous serons sortis. Je vois bien que même Jonathan commence à faiblir. J'en profite pour tenter de le résonner.

« - Tu ne crois pas que nous devrions chercher une solution pour s'échapper au lieu d'avoir tous les yeux rivés sur moi ?
- On a déjà cherché. C'est toi que je vais bouffer avant le jeune.
- Ben tient ! Alors c'est choquant lorsque je propose le cadavre de Nicolas, mais moi vous n'hésiteriez pas !
- C'est à cause de toi si on est ici, j'en reste persuadé... Tu es la seule qui n'a rien bu quand on a trouvé de l'eau. Elles sont où tes réserves hein ?

Katia intervient.
- Personne ne va manger personne ! On ne peut pas faire ça... On trouvera autre chose !
- Quel est mon intérêt de rester ici avec vous alors ?
- J'en sais rien, il y a tellement de détraqués avec des fantasmes différents...

C'est le moment de montrer que Jonathan est le centre du problème.
- Pourquoi se serai à toi de décider de ce qu'on peut faire ou non ?
- J'ai rien décidé. De toute façon ces trois abrutis ne servent à rien !

Ça fonctionne. Patrice se lève brusquement.
- C'est qui que tu traites d'abruti ? Tu te crois plus intelligent que nous c'est ça ? Mais tu es toujours bloqué ici je crois. Tu as besoin de nous. Lâche cette arme, ça ne sert à rien de la braquer comme ça. On ne sait pas ce qu'elle a fait et je ne vois pas comment elle pourrait s'éclipser.

- Je garde cette arme. Si tu t'approches j'hésiterai pas à m'en servir
- Des menaces ? Tu crois qu'un branleur comme toi me fait peur ? ».

Il protège sa femme en se mettant devant elle. Lisa ne dit toujours rien. Je crois qu'elle n'est pas très bien. Il faut lui trouver de quoi manger... Patrice n'hésite pas à s'avancer. Il a beaucoup de courage et Jonathan recule. Patrice le pousse violemment contre la paroi et l'immobilise. Katia prend peur et se colle à Lisa. J'en profite. Je me rue derrière la porte et me précipite dans le noir complet en butant contre des pierres, manquant de me blesser à plusieurs reprises. Les autres ne me suivent pas. Je mets beaucoup de temps à retrouver le loquet pour ouvrir la trappe. La voilà. Je me précipite en bas pour continuer mon exploration. Je repasse devant la salle où se trouvent les réserves et tentent d'ouvrir les autres portes le long du couloir. Inaccessible. J'ai vraiment une drôle de sensation. Comme une impression de déjà-vu. Ce lieu me rappelle les couloirs des hôpitaux. Ça doit être ça. J'ai très froid soudainement, puis très chaud. Je ne contrôle plus très bien mes gestes. Mais qu'est-ce qu'il m'arrive ? J'ai besoin d'une pause. Mais là au fond, une dernière porte à tenter de franchir. Je me traîne lamentablement, puis réussi à l'ouvrir. Aucun obstacle. C'est très étrange. Est-ce une sortie ? Cela se pourrait-il que ce soit si simple ? Impossible ! Le froid m'envahit et je suis rapidement freinée par un malaise. Je ne peux pas lutter et fini ma course sur le sol...

CHAPITRE 5 – JOUR 5

Je vais te raconter une histoire ma puce. Installe-toi bien au chaud dans ton lit. Tu te souviens celle de la petite princesse dans la montagne ? C'était ta préférée quand tu étais toute petite. Alors ça commence avec une famille qui était très pauvre. Puis un jour... Arrêtes de remuer mon cœur. Donc un jour le roi a décidé de... Arrêtes je te dis c'est très pénible ! Philippe finit par nous rejoindre. Il faut toujours qu'il se mêle de tout. Laisse-moi passer du temps avec ma fille !
- « J'ai entendu que tu commences à t'énerver...
- T'es sérieux là ? Tu crois que je ne peux pas gérer ça toute seule ?
- Je préfère que papa me raconte une histoire.
- Donc je prends du temps pour toi et c'est comme ça que tu me remercies ?
- Ce n'est pas grave descends je m'en occupe... ».

Je ne sais pas ce qui me retient... Je me sacrifie tant pour ma famille et ils me traitent comme une moins que rien ! Je tourne en rond dans le salon et finis pas me venger en balançant des dossiers sur le bureau de Philippe. Il débarque et tente de me plaquer contre le mur afin de me calmer.
« - Stop maintenant ! On en peut plus de tes crises ! ». Comment ose-t-il ? C'est moi la responsable ? Je fais tant pour vous ! Je me saisis du ciseau posé à proximité et le menace. Si tu ne me lâches pas tout de suite c'est ta fille qui va payer...

- « Bouges pas !
Je suis brutalement réveillée par Jonathan. Il pointe toujours l'arme sur moi.
- Qu'est-ce que tu comptes faire hein ?
Je suis toujours au sol devant la porte de sortie.

- Tu t'es bien fichue de nous pas vrai ? Tu savais depuis le début comment sortir d'ici ! Ça explique bien des choses !
- *Je viens de découvrir cette porte. Sinon je serai déjà loin tu crois pas ?*
- Je crois que t'es complètement tarée et que tu joues avec nous !
- Tu devrais appeler les autres pour qu'on puisse enfin partir.
- Hors de question de te perdre de vue. Tu viens avec moi.
- Va te faire voir ! Tu connais la sortie maintenant. Je ne te suivrais nulle part ».

Il s'approche et tente de me relever. Je ne supporte plus son comportement. Je ne dois pas me laisser faire. Je sens qu'il va tirer. J'essaie de lui subtiliser l'arme. C'est lui ou moi. Le coup de feu part. Il me regarde droit dans les yeux et tombe à terre. Je ne sais pas ce que je ressens à ce moment-là. Je suis effrayée et en même temps soulagée... Je devrais m'en aller et laisser les autres. Après tout je ne leur dois rien. Mais quelque chose m'en empêche. Je crois que j'aurai trop mauvaise conscience de les abandonner là. Je ne peux pas laisser Jonathan ici. Ils risquent de croire que je lui ai tiré dessus volontairement, je passerai une fois de plus pour la coupable. Je vais le traîner dans la pièce où j'ai trouvé les réserves et je leur dirai qu'il est déjà parti. Il y a beaucoup de sang. Je retire son tee-shirt et nettoie la flaque qui se répand le long du couloir. Étrangement je ne me sens pas déroutée par ce que je suis en train de faire. Comme si j'avais déjà fait ce genre de chose. Impossible évidemment... Quant à l'arme, je la laisse sur son cadavre. Il ne menacera plus jamais personne.

Me revoilà à l'intérieur de la grotte.
- « Où est Jonathan ? Il t'a suivi quand tu es partie.
Ils me regardent avec tant de peur dans leurs yeux. Ils me jugent. Je peux encore décider de les laisser ici. Katia à l'air terrifiée.
- Je crois qu'il a réussi à s'enfuir.
- Comment ça ? Vous avez trouvé une sortie ? Intervient Patrice.
- Il en a trouvé une mais il m'a menacé avec son arme et m'a assommé. Quand je me suis réveillée, il n'était plus là.
- Tu veux rire ? Il compte nous laisser là ?
- Je crois qu'il en est parfaitement capable.
Katia s'approche de moi.
- Tu vas bien ? Tu peux nous reconduire où vous étiez ?
Elle mérite de sortir d'ici et Lisa doit absolument manger quelque chose. J'ai la solution mais pourtant j'hésite tellement à leur en parler. Ils m'ont cru coupable, ils m'ont menacée... Je finis par céder.
- Oui je crois que je peux vous y emmener. ».
Nous nous dirigeons tous les quatre derrière la porte. J'espère que c'est la dernière fois que je m'engouffre de ce couloir. J'ai bien cru que ce lieu deviendrait ma tombe. Je fais mine de rechercher longuement le loquet et nous voilà en train de descendre.
- « C'est incroyable qu'on n'ait pas vu ça plus tôt. Comment a-t-on pu passer à côté ? S'étonne Patrice.
- Toutes les fois où on t'a vu t'enfermer derrière cette porte, tu n'as jamais rien trouvé ?
Je me sens à nouveau menacée. Part de là tout de suite, ils peuvent se débrouiller maintenant sans que je puisse avoir mauvaise conscience.
- Qu'est-ce que tu insinues Katia ?

- Rien du tout ! Je dis simplement que tu y as passé beaucoup de temps.
- Il y a de la nourriture ici ! Lisa ma chérie vient !

Patrice nous a devancé. Il va trouver le corps de Jonathan et l'arme. Je ne vais pas sortir d'ici, je le sens.

- Mon dieu ! Mais qu'est-ce qu'il s'est passé ?

Patrice accourt vers nous. Les yeux exorbités, le souffle court, il protège à nouveau par instinct sa femme qui tient à peine debout.

- Je croyais que Jonathan n'était pas tout à fait honnête avec nous, mais il est évident qu'il ne s'est pas tiré une balle dans la poitrine tout seul !

Que leur raconter à présent ?

- Je savais que si je vous disais la vérité vous douteriez toujours de moi ! C'était lui ou moi ! J'ai fait un choix et je suis revenue vous chercher !

Katia vient à mon secours.

- C'est vrai. Elle a raison, il n'aurait sûrement pas hésité. Il semblait dangereux. C'est horrible d'en arriver là ».

Un silence pesant se fait sentir. La vision de tout ce sang est troublante. Patrice me lance un regard accusateur. Je ne crois pas qu'ils me croient dangereuse mais maintenant, démerdez-vous seuls, vous êtes proches du but. Je vous laisse vous et vos insinuations. Mais je me laisse tomber contre le mur, prise à nouveau par cette sensation d'étouffement. Patrice et sa femme se redirige vers les provisions et Katia tente de me relever. Je ne veux plus d'aide. Je la repousse violemment en arrière et cours vers la sortie. La lumière m'aveugle et le froid s'engouffre dans le couloir. Je ne sais pas s'ils me suivent. Prise de panique de me retrouver seule, je décide de me poser juste une minute. Il faut que je reprenne mes esprits. Il faut que je sache où je suis pour trouver de l'aide rapidement. Mais quelque chose ne va pas. Je dois y retourner. Je dois accomplir une dernière chose pour pouvoir partir. Ce n'est pas clair pour moi, mais je dois faire demi-tour. Puis la prochaine étape sera de retrouver ma fille.

CHAPITRE 6 – LE RETOUR DE SOPHIA

Je n'arrive pas à rentrer chez moi. Je tape à la porte de toutes mes forces et hurle le nom de ma fille. Soudain la porte s'ouvre brusquement.
- « Sophia ? Mais qu'est-ce que tu fais là ? Qu'est-ce qui te prends ?
- Philippe ? C'est à toi que je dois poser cette question ! Qu'est-ce que tu fais chez moi ?
- Oh non c'est pas vrai tu recommences ! Va-t'en avant que j'appelle la police.
Philippe. Toujours à me faire passer pour une folle. On s'est séparés il y a deux ans. Tu as profité de mon absence pour me prendre ma fille ! Et si c'était toi qui es derrière tout ça ?
- Tu n'as qu'à les appeler ! Il m'est arrivé une chose horrible ! - Mais tu es blessée ? Mais qu'est-ce que tu as encore fait ?
- Je veux voir ma fille ! Laisse-moi entrer !
- Arrête avec ça je t'en prie. Cesses de crier, tu vas ameuter tout le quartier. Entre et dis-moi ce qui s'est passé. ».
Philippe refuse de me laisser voir ma fille. Il appelle la police et se dirige vers moi. Il m'invite à m'asseoir sur le canapé. Il faut que je garde mon calme. Je le connais il va me dire que je suis sûrement responsable de ce qui m'arrive. Il me colle un linge humide contre ma blessure. Je ne veux pas me confier à lui. Je le déteste et pendant toute ma mésaventure il n'a cessé de me hanter l'esprit. Je me laisse tomber sur les coussins, épuisée. Nous décidons d'attendre l'arrivée de la police. Il tourne en rond dans toute la maison, il marmonne des choses inaudibles, mais je ne lui dirais rien. Puis la sonnerie retentit. Philippe laisse entrer deux hommes qui se présentent à moi.

- « Bonjour Madame. Officier Tom Fischer et voici mon collègue Victor Grant. Nous sommes tous les deux de la police judiciaire. Votre mari vient de nous contacter pour nous signaler un probable accident...
- Ex. C'est mon ex-mari. Il ne me laisse pas voir ma fille !

L'officier se tourne vers Philippe. Leurs regards me paraissent étranges. Une impression de déjà vu. Comme s'ils se connaissaient.

- Nous verrons cela plus tard. Nous ne sommes pas habilités à régler ce genre de problème. Nous sommes ici pour parler de votre blessure. Que s'est-il passé ?
- J'ai été kidnappée. J'ai réussi à m'enfuir.
- Vraiment ? Et d'où venez-vous ?

Trou noir. Je n'arrive pas à me rappeler. Je suis tellement stressée, j'ai l'impression qu'on ne me croit pas.

- C'était une forêt. Mais je n'étais pas seule ! Il y avait cinq autres personnes avec moi.
- Et où sont-ils maintenant ?

Je n'en sais rien. Je suis sortie et j'ai couru aussi vite que possible chez moi.

- Je... Je ne sais pas... Je n'arrive pas à me rappeler. J'ai sûrement été droguée, personne ne se rappelait comment on était arrivé là-bas !

Les deux hommes s'excusent et se dirigent vers mon ex. Ils me jugent depuis l'autre bout de la pièce, je ne peux pas les entendre.

- Écoutez-nous connaissons le passé de votre femme. Ce n'est pas la première fois que mes collègues et moi passons chez vous.
- Je sais bien. Elle a l'air tellement paniquée. Je ne sais plus quoi faire.

- Nous allons l'emmener pour l'interroger. Nous avons plusieurs cas de kidnapping dans le coin. Peut-être qu'elle pourra nous en apprendre un peu plus. ».

Après un détour à l'hôpital, me voilà dans une salle d'interrogatoire. Une fois de plus j'ai l'impression qu'on m'accuse. Cela me met hors de moi. Mais je dois me contrôler, sinon je risque d'empirer la situation et je veux revoir ma petite fille rapidement. Tout le monde semble éviter le sujet.

- « Nous sommes ici pour éclaircir les choses. Vous nous avez expliqué vous être enfuie d'une sorte de bunker avec trois autres personnes. Bien. Comme vous êtes victime d'une curieuse amnésie, je pense que vous n'allez pas pouvoir nous dire ce que sont devenues les deux autres personnes qui restaient ?
- Qu'est-ce que vous insinuez ?
- Le médecin qui vous a vu nous affirme que vous n'avez pas été droguée et que vous ne souffrez d'aucune déshydratation. Ce qui est épatant étant donné que vous y êtes restée cinq jours. Une explication peut être ?
- Il y avait des réserves. De l'eau et de la nourriture.
- Votre ravisseur vous a laissé des réserves ? Très bien. Quoi d'autre ?
- Je ne sais pas quoi vous dire ! Je suis une victime et vous me traitez comme si j'étais responsable.
- Nous essayons de comprendre la situation et d'explorer toutes les pistes. Il faut que nous retrouvions les autres personnes qui étaient avec vous. Des noms ? Pouvez-vous nous les décrire ?
- Je ne connais que leur prénom. Nous n'avons pas beaucoup discuté en fait... je peux vous les décrire.

- Après cinq jours vous n'en savez pas plus que leur prénom ?
- Nous étions tous sur les nerfs ! On cherchait désespérément un moyen de sortir. ».

Après une heure, on me propose enfin une pause. Je suis toujours au poste de police, ils m'ont laissé dans un bureau pour me reposer. Je vois Philippe rejoindre les deux officiers.

- « Alors voilà : les descriptions et les prénoms collent parfaitement avec les personnes qui ont été signalées disparues. Mais vous comprendrez qu'au vu de son passé, nous avons de quoi la soupçonner.
- Je sais. Faites ce que vous avez à faire et retrouver ces personnes je vous en prie... ».

En partant, il m'adresse un dernier regard. Il semble inquiet pour moi. Mais je ne vois pas pourquoi. Je m'en suis sortie. C'était une expérience traumatisante, mais je vais bien. Je dois dormir un peu. Oui c'est ça, j'ai besoin de repos.

CHAPITRE 7 – LES KIDNAPPINGS

Jonathan est quelqu'un d'imbu de sa personne. Un grand macho aussi. Toujours en costume de marque, même s'il n'en a pas forcément les moyens, il se montre systématiquement sous son meilleur jour. Son métier lui va bien. Un commercial en pharmaceutique. Un vrai requin en fait. Je n'apprécie pas ce genre de personnalité. C'est peut-être pour ça que je l'ai choisi. Un arnaqueur. J'ai depuis longtemps remarqué son petit manège. Il vend ses articles plus chers et garde la différence. Rien de très inventif. J'espère pour lui qu'il garde bonne conscience. La première fois que je l'ai rencontré c'était dans un café. Il parlait à un groupe de retraités de ses merveilleux fauteuils relaxants. Quel beau parleur. Je l'ai tout de suite détesté. Puis je l'ai suivi. Un jour, deux jours, puis pendant trois semaines. J'attendais le bon moment. Il me fallait quelqu'un qui ose l'ouvrir, qui sache mener un groupe mais qui perde son sang-froid dans les moments d'angoisse. Un soir, je l'attends patiemment dans son jardin. Il rentre chez lui et comme d'habitude il se sert une bière et se morfond dans son canapé. Je trouve son intérieur minable en fait. Il n'a rien et il est seul. Au-delà des apparences on en apprend souvent beaucoup sur les gens. Leurs habitudes justement, leur personnalité, leurs secrets, ... Ça y est, il se dirige sur sa terrasse. Ce n'est pas encore le moment. Il retire son tee shirt, s'appuie sur la rambarde et ferme les yeux. Maintenant. Je m'approche, doucement, et le frappe de toutes mes forces avec un marteau. A l'arrière de la nuque. De quoi l'assommer, mais je ne dois pas le tuer. Il n'a pas eu le temps de me voir. Pas de témoin. Je le traîne tranquillement dans l'allée jusqu'à ma voiture...

Un petit village paisible. Pas d'histoire particulière, pas de mauvaise fréquentation... Je dois pourtant trouver une personne à l'inverse de Jonathan. Quelqu'un de calme, qui se laisse influencer et qui n'abandonnera pas les plus faibles. Katia a le profil idéal. Je l'ai repéré dans l'école où elle travaille. Je l'apprécie déjà ! Elle sera parfaite. Une petite rouquine, je n'arrive pas à lui donne d'âge. Elle paraît jeune c'est tout ce que je peux dire. Comment l'approcher sans me faire repérer ? Elle ne doit pas me voir, cela risquerait de tout foutre en l'air. Je ne veux pas lui faire de mal. Ce qui est paradoxal à la vue de la situation. Je dois attendre qu'elle soit seule. Je sais aussi qu'elle vit dans un petit appartement. Une fin d'après-midi, je me décide de passer à l'acte. Elle ne travaille pas aujourd'hui et reste chez elle à préparer ses cours. Elle ne ferme jamais à clé, ce qui me facilite largement la tâche. J'entre lentement, son chat m'accueille chaleureusement. Elle ne m'entendra pas, elle a son casque sur les oreilles. Elle paraît si gentille, innocente. Je vais bouleverser sa vie. Elle apprendra qu'elle ne doit pas perdre son temps, la vie est courte. Je lui rends service en fait. Ne te retourne pas je t'en prie. Captivée par sa musique, elle n'a pas le temps de se retourner pour voir celle qui est en train de lui coller un mouchoir sous le nez, imbibé de chloroforme. Je n'en ai jamais utilisé, mais le produit fait effet en quelques secondes. Elle lâche prise et se laisse tomber lourdement au sol. Maintenant je dois attendre qu'il fasse plus sombre pour la sortir d'ici plus discrètement.

Patrice et Lisa forment un couple heureux. Enfin en apparence. Je les observe depuis un certain temps. Lisa parle peu. Est-ce par timidité ou à cause d'un mari violent ? Difficile à dire je n'ai pas réussi à creuser cette question. Je ne peux que les voir dans les lieux qu'on fréquente en commun. Pourquoi eux ? Patrice a le sentiment que ça femme lui appartient, il la défendra coûte que coûte. De plus il est chef de chantier, il aime donner des ordres, diriger, s'imposer. Je n'arrive pas à en savoir plus sur elle, ni si elle a de la famille ou des amis proches. Je ne les vois jamais accompagnés. Lui a une carrure très imposante, je me demande comment je vais faire pour le transporter celui-là. Ils sont deux cette fois. Comment m'y prendre ? Il faudrait qu'ils soient déjà à bord de leur voiture... Très bien... Donc après avoir déposé Katia, je reprends le chemin en sens inverse et me débrouille pour croiser le couple. Je simule une panne. D'autres ont proposé leur aide. Je les envoie gentiment balader... Enfin les voilà. Je leur fais un signe de la main. Ils s'arrêtent juste à côté de mon véhicule. Évidemment ils ne doivent pas me reconnaître. Difficile en pleine nuit, avec une perruque, des lunettes, bien emmitouflée dans mon écharpe. Si j'ai besoin d'aide ? Oui, merci de me déposer au prochain croisement, je connais quelqu'un qui habite juste à côté. Me voici dans leur jolie berline armée d'une tonne de technologie. Patrice se gare sur le bas-côté lorsqu'il arrive à destination. C'est le moment. Personne, la voie est libre. Je sais qu'à cette heure-ci il n'y a plus de circulation. Je commence par Patrice. Piqûre à la main, je lui enfonce l'aiguille dans la nuque. Il n'a pas le temps de réagir, que le produit fait déjà effet. Il s'écroule sur le volant. Lisa ne réalise pas ce qui est en train d'arriver. Elle ne s'est même pas rendu compte que je suis l'auteur du malaise. Deuxième piqûre. La pauvre Lisa tombe la tête en avant sur le tableau de bord de leur jolie voiture de luxe. Toujours dans le noir complet, je descends, dégage Patrice à l'arrière et me mets à sa place. Juste à temps. Je vois les phares d'un véhicule qui approche. Parfait, bon timing. Direction la grotte. Encore.

Il reste à ramener Nicolas. Je sais où il se trouve, et j'ai encore le temps pour aller le chercher. Il rentre toujours au petit matin de ses soirées très arrosées. Il ne sera pas difficile à approcher. Ce jeune homme de 19 ans, je l'ai croisé à plusieurs reprises dans les boîtes de la région. Il ne m'a jamais prêté attention. C'est peut-être ça qui m'a frustré. J'aime que l'on me regarde. Ce n'est pas parce que je suis une jeune maman que je ne fais pas attention à moi. Cet abruti n'a qu'à bien se tenir, je lui réserve une petite surprise. Très alcoolisé, il se dirige en titubant sur le chemin du retour pour rentrer chez ses parents. Je ne me cache pas. Il ne me servira qu'à faire peur aux autres. Leur faire comprendre l'ampleur de la situation. Après tout ce jeune branleur ne manquera à personne. A bord de la jolie berline, je m'arrête à sa hauteur et lui propose de la ramener chez lui. Il n'hésite pas longtemps et se joint à moi. Je prends la direction de la forêt. Il ne réagit même pas, s'endort à plusieurs reprises. Trop facile. Lorsque je m'arrête à proximité de la grotte, cet idiot ne veut plus descendre. Je n'ai plus de temps à perdre, j'ai déjà réinjecté plusieurs doses de tranquillisant aux autres. Je le traîne de force à l'entrée, le menace avec mon arme. Cette fois, je vois dans ses yeux qu'il a très peur. Je n'hésite pas à le pousser dans le vide. Il s'écrase au fond de la grotte. Lorsque je le rejoins, il me saisit le bras et me plante un petit couteau dans le bras. Salaud ! Je ne l'avais pas fouillé. Quelle erreur... Sa chute l'a quand même salement amoché... Je l'emmène derrière la fameuse porte et lui balance les photos de ma fille au visage. Pourquoi ? Tu me demandes pourquoi ? Il faut bien faire accuser quelqu'un et se sera toi ! Je ne serai que la pauvre victime et tu passeras pour un détraqué avec ses photos !

Parfait. Je le laisse enfermé, il n'a qu'à se vider de son sang. Je n'ai plus qu'à placer mes petites réserves d'eau et de nourriture. Je me demande combien de temps ils résisteront. Quelle belle histoire, je serai au plus proche de mes victimes, ne devant rien laisser paraître et les forcerait à se dépasser dans leurs retranchements. Hâte de connaître la suite...

CHAPITRE 8 – DÉCOUVERTE DE LA GROTTE

Je me réveille toujours dans ce fichu bureau. Je vois beaucoup d'agitation. J'émerge lentement et repense à mon rêve. Nul besoin d'un psy pour comprendre que j'ai tout simplement voulu reconstituer ces kidnappings. Au lieu de ressasser ce qui m'est arrivé, je tente de trouver des explications. J'ai inventé ces histoires pour essayer de trouver un peu de paix. Avant de me réveiller là-bas j'étais bien en voiture. Mais seule. Oui, c'est ça j'étais seule. Mon dieu, comment mon subconscient peut-il trouver des choses pareilles ? J'ai eu l'impression de rêver pendant une éternité ! Il faut rapidement trouver le responsable. Philippe m'interrompt dans mes pensées. Il toque doucement à la porte.

- « Sophia ? Tu es réveillée ? Ils ont trouvé la grotte en question...

- Déjà ? Ils ont retrouvé les autres ?

- Oui déjà. Grâce à tes descriptions. Et ils ont trouvé des témoins qui t'ont vu revenir de la forêt.

- Et les autres alors ? Réponds-moi !

- Je n'en sais pas plus pour le moment, j'attends le retour des officiers.

- Pourquoi tu restes ici ? En quoi ça t'intéresse tant ?

- Je veux savoir si tu as emmené notre petite Eloïse là-bas...

- Quoi ? Mais de quoi tu parles ? ».

Les officiers Fischer et Grant sont de retour. Philippe se précipite vers eux. J'en fais de même, mais deux agents me tiennent à l'écart. Voilà qu'on me passe les menottes. Je les vois me regarder avec dégoût. Je ne sais pas ce que je ressens à ce moment-là. Je suis déroutée qu'on me traite encore une fois de la sorte. On m'abandonne dans une salle d'interrogatoire.

- « Alors qu'avez-vous trouvé ? S'inquiète Philippe.

- Je ne peux pas vous donnez des informations sur une enquête en cours. Je suis désolé.

- Dites-moi au moins si vous avez trouvé des traces de ma fille je vous en prie

Face à sa détresse, Tom Fischer lui livre quelques détails.

- Non, nous n'avons rien trouvé concernant votre fille. Cependant je peux vous dire que si votre femme est responsable de ce massacre, elle ne sortira jamais de prison... ».

Fischer me rejoint dans la petite salle obscure. J'ai l'impression de me retrouver dans l'un de ces mauvais films policiers, où il y a le fameux miroir sans tain et la petite ampoule au-dessus de nous pour seule lumière. Je suis très mal à l'aise. On va me faire répéter encore et encore la même chose. Tous mes souvenirs ne sont déjà plus très exacts et j'ai beaucoup de trous que je n'arrive pas à reconstituer. Il me regarde droit dans les yeux. Je ne suis pas impressionnée.

- « Nous avons retrouvé le lieu que vous nous avez indiqué. Je ne sais pas ce qui s'est passé là-dedans mais vous allez peut-être nous en dire plus maintenant.

- Non rien de plus. Je ne vois pas comment vous aider.

- C'est ça... Il va y avoir des autopsies. Elles vont nous en apprendre davantage sur le déroulement des événements.

- Les autopsies ? Ça veut dire qu'ils sont morts ?

- Nous avons trouvé cinq cadavres et de nombreux ossements. Ce n'est pas la première fois qu'il s'y produit des meurtres. Si vous voulez mon avis on va vite être à nouveau confrontés tous les deux. En attendant, veuillez rejoindre votre cellule. Mon collègue va vous y conduire.

- Comment ça ma cellule ? Vous m'arrêtez ? Mais vous êtes complètement malade ou quoi ? ».

Je suis sous le choc. Je ne comprends rien. Je les aide à trouver les lieux, je décris les autres victimes, et voilà qu'on me condamne. Je me retrouve dans une petite pièce où je me sens bien plus mal que dans la fameuse grotte. J'étouffe ici. Mon avocat arrive. Je ne l'ai pas choisi, je ne lui fais pas confiance et je ne veux pas lui parler pour le moment. Après tout je n'ai rien à me reprocher. Il s'en va rapidement après avoir pris note de quelques éléments sur son calepin et le voilà parti pour un autre client. C'est à Philippe que je veux parler maintenant. Il est encore dans les locaux. L'officier le prévient et le voilà devant moi. Je ne sais pas si sa présence me rassure ou si elle m'agace.

- « C'est toi qui essaies de les persuader que j'y suis pour quelque chose ? Tu ne veux pas que je revoie ma fille c'est ça ?

- Arrêtes avec ça... Je crois simplement qu'ils ont de gros soupçons... Ils vont analyser les preuves mais ça prendra plusieurs semaines. Tu seras libre en attendant.

- La question n'est pas là ! Tu te rends compte la façon dont on me traite ? Tu leur as forcément dit quelque chose !Je ne sais pas si tu fais semblant ou si tu oublis vraiment... Ils ont déjà un dossier sur toi et quelques antécédents.

- Tu te fous de moi ? Je serais au courant si j'avais un casier !

- Ce n'est pas la première fois que tu disparais pendant quelques jours... Je ne sais pas où tu vas, ni ce que tu fais, tu ne veux jamais m'en dire plus. Tu reviens toujours très perturbée. Et le police t'a déjà ramenée à la maison. On t'a soupçonné de plusieurs agressions.

- Quoi ? Je crois que tu délires.

- Ma chérie je t'en prie... Je n'en peux plus de cette situation.

- Ne m'appelle pas comme ça ! Je suis partie il y a deux ans ! Si j'avais agressé qui que ce soit on aurait porté plainte contre moi ? Est-ce le cas ?
 - Non tu t'en tires parce que soit on manque d'élément pour d'inculper soit des victimes ont eu pitié de ton instabilité...

- Mon instabilité ? Mais réveillez-moi c'est un cauchemar !

- Et tu n'es pas partie il y a deux ans. Un autre événement s'est produit à cette époque. Tu as tellement été marquée que tu as préféré oublier… Moi je n'ai pas oublié en tout cas et je crois que je ne saurai jamais la vérité. Tu penses que je suis parti de la maison mais ce n'est pas le cas. On est toujours mariés et je t'aime encore… Malgré tout ça.

Il s'éloigne. Les larmes aux yeux, il rajoute :

- En fait ce n'est pas la première fois qu'on a cette discussion. C'est le cas à chaque fois que tu ressurgis. Une psychologue est actuellement sur ton dossier pour savoir si je vais prendre la décision de t'interner ou non. ».

C'est comme si je recevais un coup de poignard dans le ventre. Il tente de me faire passer pour une folle pour garder ma fille et la maison. Qui est assez tordu pour faire une telle chose ? Lui apparemment et ça n'a pas l'air de lui poser de problème. Il peut faire semblant d'être ému ça m'est égal, moi je ne l'aime plus. Et ça fait longtemps. D'où sort-il des histoires pareilles ? Que s'est-il passé il y a deux ans au juste ?

Il se défile et je n'obtiendrai plus de réponse ce soir. Je m'étale sur le vieux matelas froid et ressasse sans cesse ma journée. Je m'endors avec beaucoup de mal, mais j'ai besoin d'une pause pour réfléchir comment me sortir de là.

CHAPITRE 9 – LES MEURTRES

Me revoilà dans le bunker. Je n'en peux plus de me retrouver là. Je veux oublier, mais je ne peux pas m'empêcher d'y revenir. Je connais la sortie, mais les autres ne m'ont pas suivi. Où sont-ils ? Katia ? Je la vois sangloter contre le mur, accroupie et terrorisée. Elle n'arrive plus à parler ni à bouger. Je crois que le fait d'avoir vu Jonathan qui gisait dans son sang l'a bouleversée. Je m'approche d'elle pour lui proposer d'aller chercher à boire dans la réserve. Elle est tellement pâle. Je n'attends pas sa réponse et m'y dirige. Patrice et Lisa sont là. Ils profitent enfin de boire et manger. Sa femme était à bout, cela lui fait tellement de bien. Lui, a posé l'arme sur la table. Avant tout je dois me protéger. Je dois la récupérer. Ils n'ont pas compris mon geste envers Jonathan. D'ailleurs si on sort d'ici, qu'est-ce qu'ils vont dire à mon sujet ? Moi qui ai tout fait pour leur montrer la sortie ? Est-ce trop risqué de les faire sortir d'ici ? Des choses horribles me passent par la tête. Je ne veux pas me retrouver en prison. Ils ne me prêtent pas attention. Je prends l'objet dans les mains et pointe l'arme dans leur direction. Patrice me regarde avec effroi. Je crois qu'il a compris. Je tire. Un cri horrible résonne dans toute la pièce. Il s'écroule. Je tire une deuxième fois. Il est mort. Sa femme tente de se protéger mais c'est trop tard. Je suis décidée à partir seule. Voilà ce qui m'empêchait de sortir. La pauvre femme se cache derrière une étagère. Je m'approche lentement, comme pour la terrifier davantage, contourne l'obstacle et tire une troisième fois. Katia ne doit pas s'enfuir. Je prends une bouteille en verre et me dirige dans le couloir. Elle n'a pas bougé. Elle n'a pas compris ce qui se passait. La pauvre panique lorsqu'elle me voit l'arme à la main. Elle est très faible. Ma victime abandonne. Pas de résistance. Tant mieux. Je vise et tire une dernière fois. Plus de balle ! Katia reprend espoir et entreprend de s'échapper. La bouteille toujours à la main, se casse facilement contre la poignée de porte à proximité. Je lui attrape brutalement le bras et la force à s'agenouiller.

- « C'est toi depuis le début ? C'est à cause de toi si on est là ?

- Non ! Je n'aurai jamais fait une chose pareille ! Mais moi j'ai une fille là dehors ! Elle ne doit pas être privée de sa mère, il en est hors de question tu comprends ?

- Tu n'es pas obligée de faire ça ! Je ne dirai rien !

- Je ne peux pas te faire confiance... ».

Le bout de verre en main, je le porte jusqu'à son coup et lui tranche la gorge. Je la laisse tomber à mes pieds. La pauvre agonise, mais je ne me sens plus capable de lui porter un deuxième coup.

Je me retourne et me dirige vers l'ultime porte. J'ai mis tant de rage et de haine dans mes gestes que je ne me reconnais pas. On dit que dans ce genre de situation, le cerveau peut faire une sorte de blocage. C'est ce que je fais immédiatement. Je décide d'oublier.

Je me réveille dans ma petite cellule. Je me redresse brusquement. Philippe m'a dit que j'oubliais certaines parties de ma vie. Mon dieu, mais alors comment savoir si cela n'est qu'un cauchemar ou s'il s'agit de souvenirs ? Je me rassure tout de suite, je sais bien que je ne suis pas capable d'accomplir de tels actes. Mais pourtant j'ai bien des trous de mémoire, notamment sur ce qui s'est passé après ma sortie dans la forêt. Y suis-je vraiment retourné ?

CHAPITRE 10 – L'ENQUETE

- Trois semaines ont passé. Les plus longues de ma vie à vrai dire. Je pensais pouvoir mettre tout cela de côté rapidement, mais je rumine toujours seule dans ma chambre. La police n'a pas le droit de me garder. Alors me voilà chez Philippe. Ou chez moi je ne sais plus. Je crois qu'on me manipule, personne ne me parle de ma fille. Je ne vais pas la traumatiser avec mes histoires c'est évident, mais je n'ai pas le droit de la voir. Qui peut faire ça à une mère ? Me priver de mon enfant, c'est ce qu'on peut me faire de pire. J'ai beau être libre, je me sens emprisonnée chez moi, je ne dors pas, je ne mange pas et Philippe m'invente toujours plus d'excuses pour éloigner Eloïse. Je le méprise tellement, mais je n'ai pas d'autre endroit où aller. En attendant, La police fait son enquête, elle nous préviendra dès qu'il y aura du nouveau. Ils analysent les corps, les restes retrouvés et les empreintes. Bien sûr qu'ils vont trouver les miennes et je suis sûr qu'ils m'accuseront encore pour finir au plus vite leurs investigations. D'ailleurs, j'ai encore rêvé de choses horribles, mais je sais que je suis loin de la vérité. En fait j'ai trouvé la sortie et je suis partie voilà tout. Oui je les ai laissés derrière moi, mais je suis allé les chercher pour leur montrer le chemin. Ils n'avaient plus grand chose à faire. Après cela je n'y suis jamais retourné. Je suis interrompue dans mes pensées quand Philippe m'apporte un plateau repas.

- « Ne te sens pas obligé de faire ça.

- Je ne m'y sens pas obligé. Il faut bien que tu manges pour te sentir mieux.`
- Comment veux-tu que je me sente mieux ? Tu as vu dans quelle histoire je suis impliquée ? On me traite comme une criminelle !
- Sophia la police a appelé...
- Et alors ?
- Tu dois y aller pour un nouvel interrogatoire.
- Pour leur raconter encore et encore ce qui s'est passé ? Sûrement pas !
- Tu n'as pas le choix. Sinon ils viendront t'arrêter.
- Ah oui bien sûr, cela ferait mauvais genre devant les voisins...
- Tu sais très bien que ça n'a rien à voir. Tu me dis sans cesse que tu n'as rien à te reprocher alors vas-y qu'on en finisse. »

Sur ce point il a raison. Je veux en finir. Ils n'ont rien dit de plus au téléphone, donc rien de grave pour moi. Philippe décide de m'accompagner. Je n'ai plus de voiture, on ne la pas encore retrouvée.

Une fois arrivés au poste, c'est l'officier Fischer qui m'emmène dans la fameuse salle d'interrogatoire. Je déteste cette pièce, je m'y sens étriquée et mal à l'aise. Pour me détendre il me propose un café.

- « Allez droit au but s'il vous plaît.

- Vous en êtes sûre ? Je crois plutôt qu'on devrait reprendre depuis le début. Vous avez apparemment omis plusieurs « détails ».

- Je n'en peux plus de vous raconter cette histoire ! C'est très pénible pour moi, vous n'avez pas l'air de vous en rendre compte.

- Si je m'en rends compte. C'est très difficile d'inventer une histoire et de ne pas changer de version. Alors ? On reprend ?

- Je ne comprends pas. Comment ça changer de version ?

- Alors voilà : avant vous, cette grotte était squattée par une bande de barjos qui croyaient en la fin du monde. Ils ont aménagé plusieurs pièces pour survivre quelques jours, ce qui explique le sous-sol et le minimum de confort. Ils ont très vite été expulsés par les habitants des alentours... Après cela, ce lieu n'est pas resté vide longtemps. « Quelqu'un » en a profité pour y cacher plusieurs corps. Vous vous êtes rendu compte des ossements un peu partout dans la grotte n'est-ce pas ?

- On ne savait pas si c'était des os humains ou pas...

- Il s'agit bien d'os humains. Cette grotte est le lieu parfait pour y enfermer des cadavres. Pas de promeneurs, pas de témoins, loin de la route... Bref, de quoi y rester quelques jours sans avoir besoin d'en sortir n'est-ce pas ? Ne surtout pas se faire repérer. Vous nous avez d'ailleurs raconté que vous aviez trouvé les réserves. Ce qui est étonnant c'est qu'apparemment les malheureuses victimes étaient visiblement très affamées. C'est ce que révèlent les autopsies.

- Je ne leur avais pas révélé l'endroit. Écoutez j'avais des doutes, je ne savais pas si le coupable était parmi nous ! Mon avocat arrive enfin. Il me conseille de ne plus rien dire. Je ne lui demande pas son avis, je sais très bien ce que je fais.

- Ça c'est une révélation ! Et vous étiez si proche de la sortie, mais vous ne vous êtes pas encore échappée ?

- La première fois que je me suis aventurée en bas je n'ai pas eu le temps d'aller jusqu'au bout. Le jeune Nicolas venait de mourir.

- Et après ?

- Ils m'ont eux aussi soupçonné. Ils m'ont braqué avec une arme. Quand j'ai su comment sortir je leur ai montré la trappe, ils n'avaient plus qu'à me suivre !

- Alors comment expliquez-vous qu'on n'ait pas retrouvé d'arme ? Et surtout, comment en sont-ils arrivés à mourir si près du but ?

- Je ne sais pas ce qui s'est passé après ma sortie. J'ai couru et je suis arrivée chez Philippe.

- On leur a tiré dessus ! Vos empreintes sont sur cette arme !

- N'essayez pas de m'accuser ! Je ne suis pas la seule à l'avoir touchée ! ».

Je ne sais pas quoi leur dire de plus pour me défendre. Je suis désemparée. C'est vrai comment leur expliquer que je suis la seule qui s'en est sorti ? Alors mon rêve voulait bien dire quelque chose ? On leur a tiré dessus ? C'est vrai que je n'ai pas tout raconté. Notamment ce que j'ai fait à Jonathan. Mais je n'avais pas le choix. J'ai la tête qui tourne. Fischer continue de ma rapporter leurs preuves mais je ne suis plus la conversation. Je me sens très mal. Mon avocat se penche vers moi et me propose une pause. Je refuse. Puis je tombe sur le côté. On m'emmène dans une cellule. Quelques minutes plus tard, je me redresse et aperçois Philippe, les larmes aux yeux qui me regarde avec haine.

- « Pourquoi m'arrête-t-on ?

- Sophia c'est fini. On t'inculpe pour meurtre... Il va y avoir un procès, mais tu n'as aucune chance. Ils ont des preuves.

- Ils ne savent pas tout ! Ils interprètent mal leurs preuves ! Je t'en prie aide moi à sortir d'ici !

- Non ! C'est fini je te dis ! Tu as fait des choses horribles j'en suis sûr ! Je n'en n'étais pas persuadé avant, mais maintenant c'est évident... Tu as un réel problème. Ton avocat te conseille de plaider coupable. On risque de t'envoyer dans un asile... ».

Ce mot résonne dans ma tête. Ça y est, il est parvenu à me faire passer pour folle. J'ai envie de crier, de faire comprendre aux autres que c'est peut-être Philippe qui a tout manigancé pour m'enlever ma fille et m'éloigner d'elle pour toujours. Je me fous de l'avis de mon avocat, jamais je ne plaiderai coupable ! Philippe s'éloigne et ne se retourne même pas. Il m'abandonne, et je garderai toujours en mémoire son regard, comme s'il me haïssait. Je les vois me dévisager, ils débriefent de mon cas. Je ressens de la pitié, et ils ont réussi à me décourager.

- « Philippe êtes-vous sûr de vouloir entendre la vérité ?
- Oui. Racontez-moi tous les détails. J'ai besoin de savoir pour enfin tourner la page...
- Très bien je comprends. Alors voici nos conclusions et celles de nos experts. Votre femme a connaissance de cet endroit depuis un bon moment. Nous avons retrouvé plusieurs restes humains, mais nous ne pouvons pas pour l'instant les relier à votre épouse... Comme elle est aide-soignante, elle a pu facilement se procurer le nécessaire pour endormir les victimes. Lorsque l'enquête progressera davantage, nous saurons comment se sont déroulés les kidnappings. Nous n'avons pas encore trouvé de témoins. Les empreintes trouvées dans la salle des réserves sont celles de Sophia, ce qui nous laisse évidemment penser qu'elle a tout préparé minutieusement.

- Comment a-t-elle pu être aussi négligente par rapport aux empreintes ?

- D'après le rapport du psychologue, nous pensons qu'elle n'est pas consciente de ce qu'elle fait. Elle semble effacer de sa mémoire tous les faits traumatisants. De son point de vue, c'est une victime. C'est pour ça qu'elle est restée avec eux. Dans les moments de lucidité, elle souhaitait vraiment les aider.

- Est-ce qu'on est sûr que c'est elle qui a tiré ? Il n'y avait en effet pas que ses empreintes.

- C'est vrai, mais d'après le scénario imaginé, elle les aurait abattus à bout portant. Elle a aussi tranché la gorge de cette pauvre femme. Pour elle, il n'y a pas de doute.

- Peut-on se baser uniquement sur un scénario ?

- Non, mais nous verrons ce qu'en pensera le jury... Nous espérons que si nous retrouvons sa voiture, il y aura des traces de nos victimes. Mais ce n'est pas tout. Il y a une chose que je dois vous dire... Vous devriez vous asseoir...

- C'est au sujet de ma fille c'est ça ? ».

J'entends un hurlement. Je n'ai jamais vu Philippe dans un tel état. Il se dirige vers moi avec une telle rage, que je recule au fond de ma cellule.

- « Tu vas pourrir en prison et j'espère que tu n'en sortiras jamais ! Tu dois souffrir pour ce que tu as fait ! Raconte-moi comment tu as pu faire ça ?

- Qu'est-ce que tu veux savoir ? Pourquoi tu me dis ça ?

- Ils viennent de retrouver des restes de notre fille ! Tu as tué notre petite fille !

Le sol semble se dérober sous mes pieds. Mes jambes ne me tiennent plus, mes mains s'engourdissent.

- Pourquoi tu me mens ? Ce n'est pas possible ! Où est ma fille ?

- Arrêtes ça je t'en prie. C'est déjà un supplice de penser que tu es capable de faire ça, mais c'est encore pire de nier... J'ai toujours su que tu étais impliquée dans sa disparition ! Mais j'ai voulu croire que c'était un accident ! Que tu n'as rien pu faire pour elle ! Tu avais raconté à la police que tu n'étais pas seule !

- Je t'assure que je ne comprends pas ! Eloïse a disparu ?

- A cette époque je ne voulais pas te faire interner parce que je t'aimais ! Je t'aimais de toutes mes forces ! Les rêves que tu me racontais, ce n'était pas ton imagination mais des souvenirs ! ».

Il me parle toujours mais je ne l'écoute plus. Ça va trop loin. Trop vite. Il me dit que tous ce que j'ai pu faire viennent du stress post traumatique suite au meurtre de ma fille. Je n'en crois pas un mot. Je suis la plus attentive des mamans, j'aime ma fille, je ne pense qu'à son bien. J'encaisse, je suis sous le choc et je ne peux penser que ma petite Eloïse ne soit plus là. Je ne peux pas vivre sans elle. J'ai envie de disparaître maintenant. Je reste au fond de la pièce, me laisse glisser au sol et ferme les yeux. Il faut que je me rappelle. De tout. Il faut que je sache ce qui s'est passé avant d'arriver dans cette maudite grotte.

CHAPITRE 11 – LA PETITE ELOISE

La forêt est magnifique en hiver. Et tellement calme. On peut juste entendre le craquement des branches sous le poids de la neige, apercevoir des petits animaux qui surgissent pour aller se cacher loin des cris de ma fille. Eloïse est heureuse dans ces moments-là et elle ne peut pas s'empêcher de courir sur les troncs tombés par terre, se rouler dans la neige et glisser sur les flaques gelées. Je la laisse faire, après tout je ne dois pas toujours être sur son dos, un peu de liberté lui fait du bien. On se promène rarement dans le coin, les sentiers ne sont pas bien dessinés et mal entretenus. Mais j'aime découvrir de nouveaux endroits et m'éloigner de la civilisation, et surtout de Philippe. Il m'étouffe. L'autre soir, il a osé me dire que j'étais nocive pour ma fille... comment peut-il me dire une chose pareille ? Je sais que ma fille m'aime et qu'eux deux seraient perdus sans moi. Je fais tout pour eux ! Je ne prends jamais de temps pour moi. J'ai toutefois gardé le contrôle. Enfin je crois. Parfois, j'oublie certaines choses. Je suis fatiguée, las du quotidien et je voudrais casser cette routine. Mais j'ai une famille et je ne peux pas tous plaquer comme ça. Je regarde ma fille qui s'éloigne un peu trop.

- « Maman ! Regarde ce que j'ai trouvé !

- Quoi encore ? Il fait froid on doit rentrer.

- Mais viens je te dis !

Je déteste quand elle se conduit comme ça. Elle ne m'écoute pas. Elle connaît pourtant les limites.

- Je te préviens, si tu ne reviens pas tout de suite tu verras ce qui t'attend à la maison !

Eloïse se résigne et se redirige vers moi. Elle court et se prend les pieds dans les racines. Elle finit par dévaler la pente juste à côté.

- C'est pas vrai ! Tu crois que j'ai que ça à faire, tu surveiller tout le temps ? ».

Pas de réponse. Je l'aperçois en bas toujours à terre. Je l'appelle, je crie, elle ne se relève pas. Je descends prudemment, manquant moi aussi de tomber. C'est dangereux ici et personne pour nous aider. Ses yeux sont fermés. Je l'attrape pour la relever et me rends compte qu'elle saigne. Beaucoup. Sa tête a percuté un rocher. Prise de panique, je me mets à la secouer de toutes mes forces pour la réveiller. Toujours rien. Je n'ai pas de téléphone. Les larmes montent, je tremble et je ne sais pas quoi faire. Je tente de rester calme mais il n'y a rien à faire, des pensés horribles me viennent à l'esprit. Tu as eu ce que tu voulais Sophia hein ? Tu voulais être seule pour vivre autre chose ! Pas de mari, pas d'enfant ! Personne pour te gâcher la vie, personne pour te contrôler ! C'est le moment de tout lâcher. C'est vrai qu'ils me gâchent la vie. Philippe me fait passer pour une folle et ma fille ne cesse de me décevoir. Elle me fait dérailler ! Soudain, sa petite main m'agrippe le bras. Elle est en vie. Mais elle ne parle pas. C'est comme si à cet instant, elle savait que je ne ferais rien pour elle.

C'est un endroit incroyable. Puis j'aperçois une porte, au beau milieu de la forêt. Je n'ai jamais vu une chose pareille. Je m'invite à l'intérieur, laissant la petite toute seule un instant. Tout est aménagé. Il n'y a personne. Je me rends compte qu'il y a une trappe pour monter d'un étage. Je visite rapidement les lieux et recherche ma fille pour la traîner dans l'une des galeries de cette grotte. Il fait vite sombre à cette époque de l'année. Je ne vois même plus si elle est encore réveillée. Au moins ici, on est à l'abri du vent. Mais ça n'a pas d'importance à présent. Elle va mourir. Ici. C'est un bel endroit. Je pourrais la laisser là et personne ne la trouvera. Pas tout de suite en tout cas. Mais je sens encore son souffle sur mes mains. Je ne veux pas qu'elle souffre. Je pense toujours à son bien. Comment l'aider ? Pourquoi trembles-tu ? Tu as peur de moi ? Je sais que ton père t'a souvent raconté que je suis instable. Il n'aurait pas dû faire ça. Encore une fois, une énorme déception. C'est comme ça que vous me voyez tous les deux ? Comme une personne instable ? Je reste ta mère et je t'aimerais toujours. Malgré tout ça. Je m'habitue enfin à la pénombre et me rends compte que tu as toujours les yeux ouverts. Et ce regard triste je le connais. Tu m'as souvent regardé comme ça quand je te prends dans mes bras. Je pense par pitié. Je n'en veux pas de ta pitié ! Tu devrais me détester maintenant ! J'attrape son coup de mes mains froides et engourdies, et je serre. Je serre le plus fort possible. Des larmes coulent le long de sa joue. Ne pleure pas, je te délivre enfin. Ses jambes ne bougent plus. Elle tente juste de lever ses mains pour m'arrêter. Mais elle n'a déjà plus de force. Je n'ose plus la regarder, comme si maintenant je me rendais compte de ce que je suis en train de faire. Le temps semble s'arrêter, j'ai l'impression d'entendre son cœur battre très vite, puis il ralentit encore et encore. Jusqu'à ce qu'il n'y ai plus aucun bruit. J'ouvre les mains, et laisse tomber le petit corps inerte sur le sol.

Je reste un moment, là, sans émotion, sans rien faire. Je crois que je suis soulagée, je n'ai plus de haine. Je peux rentrer chez moi. C'était un accident. C'est tout ce que Philippe doit savoir.

CHAPITRE 12 – VERITE OU MANIPULATION ?

Je me réveille toujours dans ma cellule. Il y a beaucoup de bruit et de lumière dans les locaux, il est presque impossible de dormir ici. Pourtant mon rêve semblait tellement réel. Je transpire, j'ai peur de ce qu'il pourrait révéler. Philippe me parle de souvenirs. C'est impossible. Le psychologue, mon mari me disent que je suis capable du pire, mais je sais que c'est du délire. Je suis quelqu'un de bien, j'ai même essayé de sauver ces personnes dans la grotte et je souhaite par-dessus tout revoir ma fille. A force de vouloir me faire culpabiliser, je suis presque sûr que c'est Philippe qui a quelque chose à se reprocher. Je dois parler aux officiers en charge de l'affaire. Ils doivent enquêter sur lui aussi. Je demande à parler à Fischer.

- « Vous devez vérifier ses alibis ! Il sait manipuler les gens !

- Écoutez, il y a deux ans nous avons déjà eu affaire à vous, mais vous semblez également refouler ce souvenir.

- Qu'est-ce que vous racontez ?

- Quand votre fille a disparu... vous nous aviez racontez qu'il y avait un groupe de jeune qui l'ont emmené... ».

Pourquoi j'aurai inventé un truc pareil ? Ils savent que j'ai des problèmes de mémoire, alors ils profitent de cette situation. Ils inventent pour me déstabiliser. Philippe refuse de me voir. Pas étonnant. Il a eu ce qu'il voulait. Il est vrai que lorsque j'ai vu les deux agents pour la première fois, la scène me semblait familière... mais il y a sûrement une autre explication.

Après plusieurs semaines de perquisition, d'interrogatoire et de procès, me voilà condamnée. J'ai échappé à la prison à vie, mon avocat m'a conseillé de plaider la folie. Que pouvais-je faire d'autre ? De toute façon, j'ai déraillé quand j'ai compris que ma fille était morte. Sûrement pas de la façon dont on m'a raconté. On me cache des choses. Philippe m'accuse, et rien que de penser qu'on puisse me croire capable d'une telle chose me donne envie de mettre fin à mes jours. Que me reste-t-il ? Rien, absolument rien. Une petite chambre, sans vie, dans un asile dont je ne me rappel déjà plus le nom. Aucune importance à vrai dire. Lorsque j'ai le droit de sortir, je vois toutes ces personnes qui ont été capables d'actes horribles, mais moi je sais que je ne suis pas comme eux. On me dit que je perds parfois le contrôle. Il ne peut pas en être autrement, je suis enfermée 24h sur 24, on me fait bouffer toutes sortes de pilules qui me rendent complètement inconsciente... on me met des tas de choses en tête. Parfois, je me mets à douter. On me répète encore et encore je ce que j'aurais fait, et oui parfois j'y crois. La prison m'aurait moins fait souffrir.

Je n'ai même pas de télévision ou de radio. Je passe mes journées à regarder dehors. Je me revois avec Eloïse, me baladant ou à faire du vélo. Nous aimions être ensemble, et ça personne ne pourra me l'enlever de ma mémoire. Pourtant je n'arrive plus à faire la part des choses, entre mes entretiens avec les médecins, mes rêves et mes souvenirs. Parfois, c'est comme si elle n'avait pas existé. Comme une partie de ma vie effacée. Philippe n'a pas voulu m'envoyer une photo d'elle, alors je perds peu à peu les détails de son visage, le son de sa voix. Tout ce qu'il m'a envoyé, c'est un article de journal. Le meurtre de ma fille, raconté par un journaliste qui a eu ses informations auprès de la police. Je le lis tous les jours. Peut-être que la vérité va finir par m'éclater au visage, peut-être que ça va m'aider à tenir bon. Pour ma belle Eloïse, je dois tenir bon. C'est ce qu'elle aurait sûrement voulu. Je t'aimerai toujours.

© 2022, Jennifer Geiger
Édition : BoD – Books on Demand,
12/14 rond-point des Champs-Élysées, 75008 Paris
Impression : BoD - Books on Demand,
Norderstedt, Allemagne
ISBN : 9782322376797
Dépôt légal : Mars 2022